J.-B. Garros

Quelques Mots sur les Fièvres Intermittentes, et sur celles dites Pernicieuses

Thèse présentée et publiquement soutenue à la Faculté de Médecine de Montpellier, le 29 décembre 1838

J.-B. Garros

Quelques Mots sur les Fièvres Intermittentes, et sur celles dites Pernicieuses

Thèse présentée et publiquement soutenue à la Faculté de Médecine de Montpellier, le 29 décembre 1838

Réimpression inchangée de l'édition originale de 1838.

1ère édition 2024 | ISBN: 978-3-38509-479-6

Verlag (Éditeur): Outlook Verlag GmbH, Zeilweg 44, 60439 Frankfurt, Deutschland
Vertretungsberechtigt (Représentant autorisé): E. Roepke, Zeilweg 44, 60439 Frankfurt, Deutschland
Druck (Imprimerie): Libri Plurens GmbH, Friedensallee 273, 22763 Hamburg, Deutschland

QUELQUES MOTS

N° 151.

SUR

LES FIÈVRES INTERMITTENTES,

et surtout

SUR CELLES DITES PERNICIEUSES.

THÈSE

Présentée et publiquement soutenue à la Faculté de Médecine de Montpellier, le 29 décembre 1838 ;

PAR J.-B. GARROS,

DE DÉMU (GERS);

POUR OBTENIR LE GRADE DE DOCTEUR EN MÉDECINE.

Quod potui, sed non quod voluerim.

On peut exiger beaucoup de celui qui devient auteur pour acquérir de la gloire, ou pour un motif d'intérêt ; mais celui qui n'écrit que pour satisfaire à un devoir dont il ne peut se dispenser, à une obligation qui lui est imposée, a, sans doute, de grands droits à l'indulgence de ses lecteurs et de ses juges.
La Beyras.

Montpellier,

CHEZ JEAN MARTEL AÎNÉ, IMPRIMEUR DE LA FACULTÉ DE MÉDECINE,

près de la Place de la Préfecture, 10.

1838.

Faculté de Médecine

DE MONTPELLIER.

PROFESSEURS.

MM. CAIZERGUES, Doyen.	Clinique médicale.
BROUSSONNET.	Clinique médicale.
LORDAT.	Physiologie.
DELILE.	Botanique.
LALLEMAND, Prés.	Clinique chirurgicale.
DUPORTAL.	Chimie médicale et Pharmacie.
DUBRUEIL.	Anatomie.
DELMAS, Examinateur.	Accouchements.
GOLFIN.	Thérapeutique et matière médicale.
RIBES.	Hygiène.
RECH.	Pathologie médicale.
SERRE, Suppléant.	Clinique chirurgicale.
BÉRARD.	Chimie générale et Toxicologie.
RÉNÉ.	Médecine légale.
RISUENO D'AMADOR.	Pathologie et Thérapeutique générales.
ESTOR.	Opérations et appareils.
....	Pathologie externe.

Professeur honoraire : M. AUG.-PYR. DE CANDOLLE.

AGRÉGÉS EN EXERCICE.

MM. VIGUIER.	MM. JAUMES.
BERTIN.	POUJOL.
BATIGNE.	TRINQUIER.
DELMAS fils.	LESCELLIÈRE-LAFOSSE, Ex.
VAILHÉ, Suppléant.	FRANC.
BROUSSONNET fils.	JALAGUIER.
TOUCHY.	BORIES.
BERTRAND, Exam.	

La Faculté de Médecine de Montpellier déclare que les opinions émises dans les Dissertations qui lui sont présentées, doivent être considérées comme propres à leurs auteurs; qu'elle n'entend leur donner aucune approbation ni improbation.

A

Monsieur MIEUSSENS,

Chirurgien à Dému.

Vous avez été le premier qui m'ayez fait connaître les avantages que l'on peut trouver dans la carrière médicale. Plus d'une fois jusqu'ici, je me suis aperçu des grandes difficultés que l'on rencontre pour y pénétrer ; mais par vos sages conseils, et en me rappelant toujours ce précepte d'Horace :

.... Vos, exemplaria græca
    Nocturnâ versate manu, versate diurnâ,

vous m'avez encouragé et fait redoubler de zèle pour les vaincre ; vous n'avez cessé de me prodiguer les marques de l'estime et de l'attachement les plus sincères : aussi avez-vous acquis les plus grands droits à ma plus juste reconnaissance.

Trop heureux si vous daignez accepter ce travail, premier fruit de mes efforts et de mes veilles (peu digne de vos bienfaits), comme le plus faible témoignage du tribut que je vous dois ! Soyez encore mon guide et mon modèle ; veuillez me prêter votre appui et m'aider de vos lumières dans l'art de la médecine que je vais exercer. Puisse-t-il servir à prolonger vos jours, vous les rendre heureux, et vous faire présager que les plus beaux moments de ma vie seront ceux où je pourrai faire quelque chose d'agréable pour vous, pour ceux qui vous environnent et qui vous sont chers !

J.-B. GARROS.

AU MEILLEUR DES PÈRES
ET
A LA PLUS TENDRE DES MÈRES.

Séparés depuis long-temps, je vous rejoins aujourd'hui en vous offrant la couronne de mes travaux : recevez-la en hommage de la tendresse et de l'amour filial les plus sincères. Puisse-t-elle vous faire jouir à jamais du bonheur que vous méritez !...

A MON FRÈRE ET A SON ÉPOUSE,
A mes Sœurs et à mon Beau-Frère.

O jour fortuné pour moi, qui m'offrez l'occasion la plus favorable pour manifester à des parents chéris les sentiments d'une amitié sans bornes et d'un attachement inviolable !...

A mon oncle et parrain GARROS, à Pouybet.

Les droits que vous avez sur mon cœur vous prouveront toujours combien je vous estime.

A M. DELTEIL FILS,
PHARMACIEN A VIC-FÉZENSAC.

Le peu de temps que j'ai passé auprès de vous ne m'a pas été infructueux ; vous m'avez ouvert le sentier à une branche indispensable au vrai médecin. Vous avez été content lorsque vous avez pu me prodiguer vos bontés ; et moi, je serais satisfait, si je pouvais vous en témoigner la plus faible reconnaissance, en vous assurant le plus vif et affectionné souvenir de mon cœur.

A tous mes Parents.   A tous mes Amis.
Respect.   *Souvenir.*

J.-B. GARROS.

QUELQUES MOTS

SUR

LES FIÈVRES INTERMITTENTES,

ET SURTOUT

SUR CELLES DITES PERNICIEUSES.

Via quæ ad febrium intermittentium curationem ducit, non itâ expedita, sed è contrà valdè lubrica, quò major videtur remediorum suppellex, eò facilius est in eorum delectu errare.
SÉNAC, de recond. febr. interm. tùm remit. naturâ, lib. II, cap. 1.

Il existe une classe de maladies sur laquelle la critique s'est exercée avec un acharnement incroyable. Leur doctrine, tourmentée de toutes les manières, s'est modifiée, pour ainsi dire, sans cesse; les dogmes les plus fondamentaux en ont été tour à tour niés; et le terrain, à force d'être remué, en est devenu si mouvant, qu'à moins d'une assurance que peuvent seules légitimer une longue expérience pratique et une raison mûre, il est dangereux d'y pénétrer. Ces maladies sont les fièvres appelées essentielles. Qui ne connaît les vicissitudes auxquelles elles ont été soumises? Démolies pièce à pièce, il n'est bientôt plus rien resté; et alors la négative de leur existence a paru une chose si naturelle, que beaucoup de médecins ont accepté cette conclusion sans hésiter. Cependant, au milieu de ces révolutions, qu'il n'est pas permis de croire comme niées, une notion est restée toujours debout; on a bien pu la considérer comme détruite en théorie, mais les médecins praticiens l'ont opiniâtrement conservée, à quelque secte qu'ils appartinssent. Jamais on n'a pu leur démontrer qu'il fût inutile de rechercher la forme intermittente des maladies fébriles.

Les fièvres intermittentes forment effectivement une classe si naturelle, leur traitement est si spécial et en même temps si efficace, qu'il a été impossible d'égarer, à leur sujet, l'esprit de la majorité : vivement attaquées comme toutes les autres parties de la pyrétologie, elles se sont défendues par l'évidence des faits, et nous ne croyons pas que parmi leurs adversaires les plus ardents il en existe un seul qui se soit refusé à prescrire le quinquina, lorsque la nature périodique de la maladie lui était démontrée, et que la vie du malade était menacée.

L'intermittence est donc un phénomène de la plus haute importance en pathologie ; il a, de tout temps, fixé l'attention des observateurs, et est devenu l'objet d'une multitude d'écrits. Je me propose d'en traiter ici, au risque d'encourir le reproche d'avoir choisi un sujet bien usé et bien rebattu. Plusieurs motifs justifieront cette préférence aux yeux de mes Juges : et d'abord, il m'a paru naturel de m'occuper, d'une manière particulière, des maladies qui affligent le pays où je suis destiné à pratiquer la médecine ; secondement, certains points de la question ne m'ont pas paru suffisamment élucidés dans les nombreux auteurs que j'ai consultés, et désireux de dissiper mes doutes, je n'ai rien trouvé de mieux que de les soumettre au jugement des Professeurs qui doivent examiner ma Thèse. Au moment de quitter cette Faculté célèbre, dont les enseignements m'ont été si profitables, je viens demander ses derniers avis sur un sujet qui touche de si près aux intérêts de mon avenir médical et à la santé de mes concitoyens.

Le plan que j'ai adopté a été disposé de manière à mettre en saillie les diverses parties sur lesquelles je souhaite plus particulièrement des éclaircissements. Je parlerai d'une manière successive :

1° De l'intermittence en général ; 2° des intermittentes pernicieuses ; 3° des moyens de connaître ces dernières ; 4° des moyens de les traiter.

En me circonscrivant dans ces limites, je renonce à toute prétention sur le mérite d'avoir approfondi d'une manière complète l'histoire des fièvres intermittentes. Toutefois, l'utilité des points dont je désire parler est incontestable ; ce ne sera donc pas le sujet qui manquera à mes forces : l'inverse est certes bien plus à redouter, mais, j'ose l'espérer, la bonté de MM. les Professeurs y pourvoiera.

Qu'est-ce que l'intermittence ?
De l'importance de ce phénomène en pathologie.

Lorsqu'une série d'actes physiologiques ou morbides se développe après des intervalles distincts pendant lesquels ces actes n'existent plus, on dit qu'ils sont intermittents ; l'intermittence suppose donc leur apparition et leur absence successives. Ce phénomène, au premier abord, parait exceptionnel dans le monde vivant; toutefois, avec un peu d'attention, on s'apercevrait aisément qu'il est entièrement commun. En physiologie, le sommeil et la veille, les digestions, les respirations, les circulations même, etc., ne s'exécutent qu'à la condition de repos intermédiaires ; sans cette précaution les forces s'épuiseraient vite, et le jeu normal des fonctions pourrait d'ailleurs souffrir d'un état incessant de continuité. L'harmonie est la condition rigoureuse de toute stabilité ; or, une intermittence bien ordonnée est indispensable pour la réalisation des *consentus* et des synergies vitales.

La répétition régulière des mêmes actes, à des intervalles plus ou moins égaux, est donc une loi primordiale de la nature ; un instinct puissant, dont le développement a été facilité par nos usages sociaux, nous a portés à ne provoquer en nous certaines actions qu'à des époques réglées : de là, l'habitude, qui, dans les limites prescrites par la raison, est un si puissant moyen de rendre le jeu de nos organes plus sûr et plus parfait.

En pathologie, l'intermittence n'est pas non plus un phénomène bien rare. Les maladies qui parcourent leur carrière d'un sel jet, sans repos intermédiaires, ne s'observent pas fréquemment. Les mots exacerbations, paroxismes, redoublements, attaques, accès, etc., sont, quoique avec des sens différents, des expressions qui rappellent à l'esprit des retours de certains actes déjà apparents, et l'on sait combien les occasions d'employer ces dénominations sont communes en médecine.

Les maladies qui présentent de pareils retours bien marqués sont dites intermittentes et rémittentes : les premières offrent, dans leurs intervalles, une absence complète des symptômes morbides qui caractérisent le paroxysme ou l'accès; les secondes ne présentent, dans les intervalles, qu'une diminution, une modération notable de ces mêmes symptômes. Nous n'avons à nous occuper ici que des maladies intermittentes.

Le mot *intermittence*, à quelque ordre de phénomènes qu'il se rapporte, entraîne avec lui l'idée de la périodicité. Cependant il s'en faut de beaucoup que ces expressions soient synonymes ; car la périodicité ajoute à l'intermittence une circonstance de plus, qui est l'apparition régulière des symptômes à des époques fixes. Plusieurs praticiens même préfèrent l'épithète *périodique* à l'autre, supposant que l'ordre fixe des accès est nécessaire pour l'efficacité du traitement. Le quinquina est donc pour eux essentiellement un anti-périodique.

Je ne partage pas cette opinion ; je vais plus loin même, je dis que ni l'intermittence, ni même la périodicité, ne sont des conditions rigoureusement caractéristiques des maladies dites intermittentes et que le quinquina peut guérir.

Il est certain que, dans la grande majorité des cas, l'apparition et l'absence successives des accès s'observent très-bien marquées dans les maladies de ce nom ; et, sous ce rapport, on a très-bien fait de regarder ce phénomène comme le plus constant, et de s'en servir comme moyen de dénomination. Mais il ne faut pas oublier que dans quelques circonstances, qui ne sont pas très-rares, ces maladies ont lieu sans qu'il y ait intermittence.

Qu'est, en effet, celle-ci, sinon un certain arrangement, un ordre dans la succession des symptômes ? Or, un arrangement symptomatique, quel qu'il soit, peut-il, rigoureusement à lui seul et toujours, servir de base au diagnostic d'une affection quelconque ? Je ne le pense pas.

Les symptômes sont l'expression sensible de l'affection du système vivant qui constitue une maladie ; ils n'en sont que la révélation extérieure, la surface, s'il m'est permis de parler ainsi ; certes on ne doit pas les négliger pour l'appréciation d'un fait morbide quelconque. Mais celui qui ne verrait qu'eux et ne se fierait qu'à eux, s'exposerait à de fréquentes méprises.

L'affection vitale, de même que l'organisme vivant où elle a été conçue, peut, par l'effet de circonstances particulières dont l'influence nous est mal connue, ne pas se traduire au-dehors par les effets ordinaires ; et alors, pour la reconnaître, il est nécessaire de s'adresser à d'autres données pathologiques. Il en est du monde vital comme du monde moral, où une passion se couvre quelquefois d'un masque symptomatique qui lui est étranger. Malheur au moraliste qui se laisserait tromper par ces fausses apparences! Malheur aussi au médecin qui ne reconnaîtrait les affections morbides, que lorsqu'elles donneraient lieu à l'évolution complète de leurs symptômes habituels!

Pour ne parler ici que des affections intermittentes, je ferai observer que plusieurs revêtent le caractère rémittent; d'autres se présentent sous l'aspect de la continuité. M. Bailly (1) a signalé, en effet, dans son ouvrage sur les fièvres intermittentes, des fièvres continues qui ne cédaient qu'à l'anti-péridiodique, et il n'est pas le seul qui ait fait une semblable remarque. Dira-t-on que les accès étaient subintrants? Mais la subintrance même est, si l'on s'en tient au sens du mot, une négation de l'intermittence. Que si l'on admet une dégénération telle dans l'ordre d'apparition des accès intermittents, que l'un commence avant que le précédent soit terminé ; pourquoi ne pas croire à la possibilité d'une dégénération plus avancée, et dans laquelle tous les accès se confondront en un seul, qui sera alors une véritable fièvre continue ? Ce qu'il y a de sûr, c'est que les auteurs qui ont noté des continues causées et entretenues par l'affection dite intermittente, n'auraient pas manqué de parler de la subintrance, si effectivement elles avaient offert, dans l'ordre de succession des phénomènes et dans leur mode d'être, quelque chose qui rappelât de véritables accès s'entrecoupant mutuellement.

D'un autre côté, il est des maladies composées d'accès successifs, séparés

---

(1) Traité des fièvres intermittentes simples et pernicieuses.

par des intervalles libres bien marqués, et qui n'ont que cela de commun avec les intermittentes réelles dont elles sont séparées par tout le reste.

Ainsi, l'intermittence, c'est-à-dire l'apparition successive des phénomènes sensibles de la maladie, à la suite d'intervalles libres, n'est pas un caractère rigoureux et *sine quâ non* des affections que ce mot représente.

Ce même raisonnement s'applique avec plus de force encore à la périodicité, que je ne regarde pas davantage comme une condition essentielle de l'existence des maladies dites intermittentes. Effectivement, s'il n'y a pas intermittence, il ne peut pas *à fortiori* exister de périodicité; bien plus, la première peut s'observer sans celle-ci, ce qui se voit fort souvent, car il est assez rare que la périodicité soit complète, dans ce sens que l'accès commence et finit exactement aux mêmes heures que les précédents et les suivants; et quant aux intermittentes dites anomales et irrégulières, parce que la périodicité y est étrangement altérée ; elles sont si communes, qu'il n'y a pas de praticien qui n'ait eu l'occasion d'en observer.

Pour tous ces motifs que j'aurais pu développer plus au long et étayer à l'aide d'observations nouvelles, je conclus que la périodicité et l'intermittence sont la forme habituelle des affections intermittentes et périodiques; mais que cette forme peut être défigurée plus ou moins, et même manquer dans certains cas, sans que la modification de l'économie qui les constitue ait cessé, pour cela, d'être la même. Il importe, ce me semble, pour la sûreté du diagnostic et du traitement, d'être fixé sur ce point de pathologie.

Une autre question se présente, qu'il faut aussi discuter pour avoir une notion exacte des affections intermittentes.

On sait que communément l'accès qui les caractérise se compose de trois périodes, connues sous le nom de périodes de froid, de chaleur, de sueur. Ces périodes supposent une modification dans le mode d'action des forces calorificatrices. Les lésions dans les circulations qui les accompagnent, et le malaise éprouvé par le patient, justifient le mot de *fièvre* dont on s'est servi pour les désigner; de-là, le nom de fièvre intermittente. Mais ces périodes se déroulent-elles toujours de la même façon? Il s'en faut de beaucoup; les variations que l'on a notées à ce sujet sont très-nombreuses. Tantôt le froid manque, tantôt il occupe à lui seul toute la scène : j'en dirai autant de la chaleur et de la sueur ; d'autres fois, l'ordre de succession est interverti, et l'accès finit par où il aurait dû commencer. Tous les observateurs sont unanimes pour admettre de semblables altérations dans l'expression symptomatique des fièvres dites intermittentes. Mais cette altération est quelquefois portée encore bien plus loin ; elle va même jusqu'à l'absence de tout symptôme fébrile, de sorte que la dénomination de fièvre intermittente devient alors tout-à-fait inexacte.

Y a-t-il, en effet, des affections intermittentes sans fièvre ? Cela me paraît incontestable. Tout un livre a été écrit pour prouver la vérité de cette assertion : c'est celui de Casimir Médicus, intitulé : *Traité des maladies périodiques sans fièvre*. Cet ouvrage, établi sur les données de l'empirisme, reçoit si souvent sa sanction de la même autorité, qu'il n'est plus personne maintenant qui ose combattre les conclusions de son auteur. Je ne crois pas même devoir insister plus long-temps sur ce fait, tant il est généralement connu.

Ainsi, ni l'intermittence, ni la périodicité, ni la fièvre, ne sont des phénomènes *essentiellement* caractéristiques des affections dites intermittentes, puisqu'elles peuvent exister sans présenter rien de semblable.

Quelques médecins, convaincus probablement de la vérité de l'assertion que je viens d'émettre, et voulant trouver un caractère fondamental et constant, propre à désigner ce genre de maladies, ont cru le trouver dans l'aptitude (1) dont jouit le quinquina pour les guérir, et alors, bannissant les expressions de fièvre, d'intermittence, de périodicité, ils ont appelé l'affection dont il s'agit *affection è quinquina*. Mais cette appellation est sujette à des objections encore plus nombreuses que les précédentes. Et d'abord, elle a le ton de faire croire à l'impossibilité du diagnostic avant l'emploi du spécifique, qui, dans cette opinion, est la véritable et seule pierre de touche. Or, ce diagnostic est possible malgré bien des obstacles, dans des cas même très-difficiles, avant que l'on ait demandé l'avis du quinquina ; et si l'on consacrait comme dogme pratique que celui-ci peut apprendre

---

(1) Voir une bonne thèse sur les affections è *quinquina* (collection des thèses de Montpellier, 1828, n°42).

la vérité, on autoriserait les praticiens à négliger les moyens précieux de diagnostic que la science possède, que nous devons chercher à perfectionner plutôt qu'à faire mépriser. Une pareille opinion me paraît suggérée par un aveugle empirisme, et ne pourrait être adoptée que tout autant que les motifs de conduite, tirés d'autres sources, seraient totalement impuissants, et ainsi que nous le verrons, nous n'en sommes pas là pour les fièvres intermittentes.

Bien plus, et ceci est péremptoire contre l'opinion que je combats, le quinquina n'est pas le seul agent thérapeutique qui soit curatif des affections intermittentes; il en est seulement le remède le plus sûr et le plus habituellement applicable; peut-être en trouverons-nous plus tard un meilleur. Mais ce qui est incontestable, c'est qu'il y a des maladies périodiques rebelles au quinquina, et d'autres qui peuvent se guérir de toute autre façon. Si l'intervention heureuse du spécifique était nécessaire pour nommer définitivement une maladie douteuse, beaucoup de véritables intermittentes qui s'en sont passées seraient obligées de sortir de leur classe naturelle. Eh! quelle confiance pourrions-nous avoir dans ce qui a été écrit au sujet de ces maladies avant la découverte de l'Amérique!

De nos jours, on a voulu trouver dans la cause des affections intermittentes un caractère capable de remplir les rigoureuses conditions d'une dénomination toujours exacte; on a pensé que leur origine miasmatique était suffisamment pathognomonique. Mais qui ne sait que cette origine manque souvent, non-seulement dans les sporadiques, mais aussi dans les épidémiques? On a observé, en effet, beaucoup d'épidémies de fièvres intermittentes où les conditions morbides étaient tout-à-fait insaisissables et ignorées (1). M. Faure, dans son traité sur les fièvres intermittentes et continues, a rassemblé une foule de faits, parmi lesquels beaucoup lui sont propres, et qui prouvent évidemment que les fièvres intermittentes peuvent se produire, se propager dans l'absence de toute influence miasmatique, au moins appréciable. « A Madrid, dit-il, les fièvres intermittentes sont fort communes, quoique cette ville, la plus élevée qu'il y ait en Europe,

---

(1) Lind, Essai sur les maladies des Européens dans les pays chauds.

soit située sur un plateau qui est à 300 toises au-dessus de la mer, et où l'on ne peut soupçonner l'influence des marais de produire des maladies; car, l'été, tout est desséché dans les champs à plusieurs lieues à la ronde. » La même observation a été faite à Pampelune.

Mais si l'affection intermittente n'est rigoureusement ni intermittente, ni périodique, ni fébrile pour ses symptômes, ni essentiellement curable par le quinquina pour son traitement, ni miasmatique pour sa cause, qu'est-elle donc? La réponse n'est pas difficile : elle est tout cela, sans être exclusivement ni l'une ni l'autre de ces choses. C'est une de ces maladies si communes en pathologie (telles sont en effet la syphilis, l'hystérie, les scrophules, etc.), dont les cas, quoique *uns* et identiques au fond, sont multiples et variés pour la forme. Celle-ci a bien, à la vérité, un aspect plus habituel, et qui permet ordinairement de conclure à son existence, mais il importe de savoir qu'un arrangement de symptômes n'est pas une affection morbide; celle-ci est constituée par l'état organico-vital, provoqué par les causes, développant lui-même les symptômes, et susceptible aussi d'être combattu par un traitement spécial. Or, cet état peut exister avec une dégradation de ses signes étiologiques, symptomatiques et thérapeutiques, dont il est impossible de fixer les limites. Toutefois, et heureusement pour le diagnostic, il est rare que tous ces signes manquent à la fois; assez souvent il en reste assez pour que la nature du mal puisse en être révélée.

Mais, dira-t-on, cette affection intermittente est une vue de l'esprit, une pure abstraction; personne ne l'a vue ni touchée. Ceci est très-vrai; toutefois ce n'est pas une objection, car une foule de notions dont on n'a jamais cherché à constater la justesse sont absolument dans le même cas : telles sont les notions de déduction, auxquelles on arrive par un travail mental, qui, opérant sur des phénomènes sensibles, distingue ceux-ci de leur cause dont ils ne sont que l'expression. Qui a vu la vie, qui a touché la vie? Et cependant tout le monde croit au corps vivant, parce qu'il présente des conditions appréciables, auxquelles on a rattaché quelque chose d'insaisissable, d'abstrait qu'on appelle *vie*. Il en est de même de l'affection intermittente; elle n'est qu'une conclusion logique, mais elle est certaine, si elle est suffisamment motivée, et l'on peut l'introduire dans le calcul médical, comme un x inconnu à la vérité, mais dont on connaît la valeur.

Je crois donc être autorisé à tirer, de la discussion qui précède, les propositions suivantes :

1° Il existe dans l'économie un mode pathologique, une affection qui se traduit à l'extérieur par des phénomènes appréciables et ordinairement caractéristiques : ces phénomènes sont ceux dont il a été déjà question, auxquels nous en ajouterons d'autres dans le paragraphe suivant.

2° Cette affection n'est liée à aucun signe, qui seul et exclusivement puisse la constituer d'une manière essentielle et constante.

3° Ces signes peuvent être altérés, manquer même chacun isolément ou plusieurs d'une manière complète, et alors le diagnostic, manquant d'un ou d'un plus grand nombre de ses éléments propres, peut être devenu difficile ; mais la difficulté, l'impossibilité même du diagnostic n'autorisent pas à conclure à la négative de l'affection morbide.

4° Cette affection est comme l'affection syphilitique, hystérique, scrophuleuse, etc. ; elle est susceptible de se modifier beaucoup, quant à ses modes expressifs ; elle peut être peu ou mal dessinée, être latente, se couvrir d'un masque trompeur, etc. ; elle est donc protéiforme, suivant une expression classique consacrée.

5° Je l'appelle intermittente, parce que l'intermittence en est le symptôme le plus habituel ; que cette épithète est à peu près unanimement admise ; mais on ne doit pas conclure de cette appellation, qui du reste en vaut une autre, que l'intermittence soit liée à son existence d'une manière inévitable et nécessaire.

Maintenant que j'ai fixé autant qu'il m'a été possible la valeur littérale et phénoménale de l'intermittence et de ses rapports avec l'organisme vivant, je vais passer à l'étude de l'affection dite intermittente, que je considérerai principalement dans les cas où elle revêt le caractère pernicieux.

Que doit-on entendre par fièvres intermittentes pernicieuses ?

Ces fièvres, que j'ai eu occasion d'observer dans le pays où je dois pratiquer la médecine, sont l'objet principal de ma Dissertation ; cependant, avant d'en parler, j'ai cru devoir exposer les considérations qui précèdent ; on va aisément en sentir la raison.

C'est dans les fièvres intermittentes pernicieuses qu'il importe de porter un diagnostic prompt et juste, et ce sont précisément ces maladies dans lesquelles l'affection intermittente affecte de se couvrir de ces masques trompeurs et étrangers dont il a été si souvent question. Il était donc essentiel d'être averti de la possibilité de ces aberrations, et de savoir jusqu'à quel point celles-ci pouvaient avoir lieu, sans que l'affection intermittente cessât d'exister.

Or, le travail auquel je vais me livrer est la meilleure réponse à la question qui découle naturellement du chapitre précédent, et qui est celle-ci : si l'affection intermittente peut manquer d'un ou de plusieurs de ces caractères phénoménaux qui passent pour les plus essentiels, comment alors est-il possible de la reconnaître ? C'est ce que j'indiquerai, après avoir répondu à celle qui fait l'objet de cet article : *Qu'est une fièvre intermittente pernicieuse ?*

L'épithète *pernicieuse* suppose un danger prochain et imminent. Effectivement, ce sont des maladies qui menacent directement l'existence de celui qui en est atteint.

Dans la fièvre intermittente simple bénigne, ce danger n'existe pas. Cette fièvre peut être même salutaire, dans ce sens qu'elle épargne à l'économie des maladies plus graves : telles sont principalement les intermittentes du printemps, dont les accès doivent souvent être respectés, parce que l'expérience a prouvé que la force vitale acquiert plus de sûreté et d'énergie, et la santé plus de perfection au prix de ces orages périodiques.

Dans les cas, bien plus nombreux, où la fièvre intermittente simple est directement nuisible, ses mauvais effets, en outre des malaises et des incommodités qui résultent des accès qui la constituent, se font sentir dans l'organisme d'une manière lente, et donnent lieu à des détériorations que le praticien doit prévenir et combattre de toutes ses forces. Ces détériorations portent sur les fluides et sur les solides ; elles sont nombreuses ; ce sont spécialement des vices dans l'hématose, qui se révèlent par un état d'anémie, de surabondance dans le sang de particules séreuses, et de pauvreté de la substance globuleuse et fibrineuse ; ce sont aussi des engorgements, des intumescences qui siègent surtout dans l'abdomen.

Les conséquences de semblables altérations sont des collections, des infiltrations hydropiques, l'affaiblissement général de l'organisme et la mort, quoique, il faut en convenir, cette terminaison soit très-rare pour une maladie à laquelle on peut opposer un mode de traitement efficace.

Les fièvres intermittentes pernicieuses se comportent tout différemment ; elles ne menacent pas la vie pour l'avenir, mais pour le présent ; elles s'accompagnent de symptômes particuliers qui annoncent la gravité du mal, et sont très-rarement suivies de récidives, tandis que les autres en présentent souvent ; c'est même la principale difficulté qu'offre la thérapeutique de ces dernières.

Quelles sont les sources du danger des fièvres intermittentes pernicieuses ? Ce sont :

A. La difficulté du diagnostic ; en effet, l'allure propre aux fièvres intermittentes est si profondément modifiée dans beaucoup de circonstances, qu'il est presque impossible de les reconnaître, et parfois il faut beaucoup de sagacité et d'attention pour apprécier la nature du mal. Quelquefois les accès sont simples et bénins ; tout-à-coup, et sans qu'on puisse s'expliquer la raison de ce changement, des symptômes formidables apparaissent, et le malade périt.

Je pourrais placer ici (si je ne devais trop amplifier mon sujet) l'observation très-intéressante d'un nommé J***, qui succomba à une fièvre insidieuse. Je fus assisté, auprès du malade, de MM. Treille et Lignac fils, médecins très-distingués. Mais quelques praticiens, méconnaissant la nature du mal, plus encore le traitement qui y avait été adapté, guidés par un aveugle et odieux empirisme, n'ont pas craint d'en faire leurs armes défensives et offensives, et de les diriger contre le jeune débutant.

Ces fièvres intermittentes ont reçu particulièrement l'épithète d'insidieuses. Tantôt la fièvre intermittente est fort altérée, et alors la pyrexie est rémittente, subintrante, subcontinue. Le plus souvent il survient des phénomènes qui n'existent pas habituellement dans les intermittentes ; ces phénomènes simulent d'autres maladies, au point de donner le change au praticien, qui, négligeant alors le danger réel, poursuit, en perdant un temps précieux, une affection absente.

B. On conçoit facilement comment la difficulté du diagnostic, qui empêche d'instituer le traitement véritable, est un des dangers des fièvres intermittentes pernicieuses ; il y en a un autre qui se tire de la nature propre de ces maladies. Tâchons maintenant d'apprécier cette nature.

Nous trouvons dans toute fièvre intermittente pernicieuse deux choses à distinguer; ce sont : 1° l'affection intermittente simple ; 2° des symptômes nouveaux qui paraissent surajoutés à la première, parce qu'ils ne la constituent pas habituellement ; de-là l'épithète de *comitatœ,* par laquelle Torti a jugé à propos de les caractériser.

Cette épithète de *comitatœ* est-elle réellement méritée, et y a-t-il effectivement deux affections dans une fièvre intermittente pernicieuse ? ou bien n'est-ce que la même affection, qui, dans les cas de malignité, a pris un plus haut degré d'acuité et d'énergie ? Cette question me paraît fort embarrassante ; heureusement que sa solution importe peu au diagnostic et à la thérapeutique. Désireux de ne pas sortir des faits et de me maintenir dans les réalités, je dirai qu'il est seulement constaté :

1° Que les fièvres intermittentes pernicieuses tirent principalement leur danger de ce qui n'existe pas dans les intermittentes simples ; en effet, ainsi que nous l'avons vu, celles-ci ne peuvent devenir dangereuses que lorsqu'elles ont duré pendant long-temps ; très-souvent, dans ces cas même, elles ne donnent pas la mort.

2° Les symptômes qui caractérisent les fièvres pernicieuses, sont une exagération de ceux qui existent dans les fièvres simples : ainsi, la période de froid prend quelquefois une intensité tellement formidable que la vie en est directement menacée ; d'autres fois c'est la période de chaleur qui se comporte ainsi, ailleurs ce sera la sueur. Ces trois modifications possibles constituent les fièvres admises par les anciens sous le nom d'algide, de lypirique, de diaphorétique.

3° Les symptômes pernicieux sont tout-à-fait étrangers à l'intermittente simple, et ils simulent des maladies très-diverses, dont la liste serait démesurée si je voulais la donner complète : ce sont des apoplexies, des délires, des dysenteries, etc.

4° Enfin, une maladie véritable, et ici l'adjonction est incontestable, se combine avec l'affection intermittente, marche avec cette dernière, en s'accroissant à chaque accès, jusqu'à ce que, complétement établie, elle domine l'autre et se présente seule avec tous ses dangers : telles sont les fièvres intermittentes dites péripneumonique, pleurétique, ophthalmique, etc. Dans la première, c'est l'affection intermittente qui gouverne l'autre, qui en détermine le développement et qui est le sujet principal d'indication : plus tard il n'y a plus d'intermittence, et l'on n'a à traiter qu'une péripneumonie, une pleurésie, une ophthalmie.

Dans toutes ces variétés de la fièvre intermittente pernicieuse, on observe ordinairement une atteinte profonde portée aux forces radicales de la vie, qui rend facilement compte du désordre profond dans l'organisme au moment de l'accès et du danger qui menace la vie du malade. La nature des symptômes essentiellement pernicieux, identique pour tous sous le rapport que je viens d'indiquer, varie cependant et peut prendre, suivant les cas, le caractère sthénique, inflammatoire, spasmodique, asthénique. Je pense, en effet, que la foule considérable des pyrexies intermittentes malignes pourrait, à peu d'exceptions près, se diviser et se grouper sous chacune de ces épithètes.

Ainsi, pour me résumer sur la nature des fièvres pernicieuses, elle participe à la fois de l'affection intermittente, et d'une autre affection qui peut varier, mais qui entraîne toujours un grand danger. Cette autre affection peut être, suivant les cas, sthénique, asthénique ou spasmodique.

Y a-t-il une limite précise entre une fièvre simple et une pernicieuse ? Non certes, c'est par des nuances souvent impalpables que l'une passe à l'autre. Ce n'est que dans les cas extrèmes que la distinction peut en être exactement faite. L'intermittente maligne étant celle qui tue en peu de temps, il en résulte que son diagnostic véritable n'est souvent porté qu'après la mort du sujet; et si celui-ci guérit, c'est la crainte inspirée au médecin qui détermine l'épithète dont la fièvre doit être caractérisée. Cependant dans l'immense généralité des cas, l'imminence de la mort peut être facilement reconnue : c'est ce que nous expliquerons dans le chapitre suivant.

Moyens de reconnaître la fièvre intermittente pernicieuse.

Je viens de dire que cette fièvre présentait en même temps une affection grave, pouvant être de nature variable, mais marquée toujours par une atteinte profonde portée aux forces radicales de la vie, et de plus l'affection intermittente. Le diagnostic doit donc porter sur deux choses, et il importe de signaler l'une et l'autre. Ce chapitre se composera donc de deux sections, et je traiterai tour à tour : 1° du diagnostic de l'affection grave; 2° du diagnostic de l'affection intermittente.

DIAGNOSTIC DE L'AFFECTION GRAVE. — Lorsque celle-ci est bien dessinée, rien de plus aisé que de la reconnaître; pour cela, les lumières médicales ne sont pas même nécessaires; tout indique dans le malade l'imminence de la mort, quelle que soit la variété des symptômes. Quand le mal est parvenu à ce degré, il est quelquefois trop tard ; aussi beaucoup de médecins se sont-ils attachés à prévoir l'approche des accès pernicieux, afin de leur opposer le traitement convenable. Ceci est un problème beaucoup plus difficile et que le praticien seul peut résoudre.

Il arrive quelquefois qu'il est impossible de diagnostiquer l'avenir, surtout dans les variétés dites insidieuses. Les premiers accès paraissent être d'une simplicité et d'une bénignité extrêmes, et malgré l'attention la plus minutieuse, on n'y découvre rien qui puisse faire présager l'orage terrible qui approche. Alors le médecin ne connaît celui-ci que lorsqu'il a éclaté; il est pris au dépourvu comme tout le monde, et il ne lui reste comme seule ressource pour sauver la vie au malade, que le traitement des symptômes de l'accès, ou l'espérance que celui-ci ne sera pas mortel.

D'autres fois, le commencement de la maladie ne paraît, au premier abord, devoir inspirer aucune crainte ; néanmoins, en examinant le sujet de près, on s'assure qu'il y a dans son état quelque chose d'insolite qui fait concevoir des inquiétudes pour l'avenir. Voici les principales circonstances capables de mettre sur la voie du véritable diagnostic, quoique les symptômes vraiment pernicieux soient encore obscurs.

1° *L'état du sujet étudié sous le rapport des influences extérieures ou intérieures qui ont agi sur lui.*

Ce sont : la coexistence d'une épidémie de fièvres intermittentes graves ; un mauvais état des forces radicales, facile à reconnaître d'après les antécédents ; une maladie existant déjà, des causes de débilitation, des passions tristes ; des excès dans le travail, dans le régime, dans les plaisirs vénériens ; une mauvaise alimentation, etc. ; enfin, un âge avancé.

J'ai eu occasion de faire quelques observations sur la gravité de cette dernière circonstance, pour provoquer la malignité des accès, d'ailleurs simples ; je citerai les deux suivantes comme étant remarquables.

1re *Observation.* J*** L***, âgée de 98 ans, tomba malade le 10 octobre. La fièvre, qui débuta par le type-tierce, était tout-à-fait simple ; les accès bien caractérisés laissaient entre eux une apyrexie complète. Appelé auprès de cette femme, je ne me dissimulai point le danger qu'il y avait, à cet âge, à laisser traîner plus long-temps cette affection ; aussi je me hâtai de prescrire le fébrifuge par excellence. Mais la malade, qui jusqu'alors avait joui d'une parfaite santé, objecta qu'elle n'avait jamais pris de remède, et que c'était trop tard pour commencer à son âge. Les paroxysmes allèrent croissant, prirent le type remittent, et le troisième termina les jours de la patiente.

2e *Observation.* La nommée L*** C***, âgée de 84 ans, fut atteinte de la même affection, occasionnée par un violent emportement de colère. Cette fièvre, qui débuta comme celle de l'observation précédente, prit bientôt le type de subintrante. La face se colore, le pouls est plein, les artères carotides et temporales battent avec force ; je crains une congestion vers le cerveau. Quoique à un âge aussi avancé, j'ouvre la veine, mais je ne puis obtenir qu'environ deux onces de sang. Je fais appliquer des révulsifs très-énergiques aux extrémités inférieures. Je joins à ces moyens le sulfate de quinine pour tâcher d'enrayer les accès; mais le temps fut trop court pour pouvoir saisir un moment de rémission et en faire l'application. La malade tomba dans un état comateux, et ferma les yeux à la lumière peu de temps après.

Il est d'autant plus important de tenir compte de l'âge avancé du sujet, pour le pronostic des fièvres intermittentes, que, d'après mes observations, conformes en cela à celles de beaucoup de praticiens, les vieillards échappent ordinairement aux endémies et aux épidémies les plus répandues de ce genre, et lorsqu'ils en subissent l'influence, le fait est toujours sérieux et doit attirer l'attention.

2° *Symptômes et marche de la maladie.*

Les symptômes présentent ordinairement les caractères suivants, lorsque le mal doit s'aggraver. Les urines sont communément épaisses, d'une couleur foncée et noirâtre, couvertes d'une couche de graisse, d'une odeur forte, rendues difficilement et avec douleur; il y a un sédiment briqueté, mais ce signe appartient d'une manière spéciale à l'affection intermittente. Le sang, si on a occasion de l'examiner, coule difficilement de la veine, il contient une grande abondance de sérosité; le caillot est comme dissous et se décompose promptement. Le pouls est petit, faible, et s'écrase facilement sous le doigt. Le malade porte dans ses traits quelque chose d'étonné; il y a un abattement qui fait contraste avec la bénignité apparente de la maladie. Des praticiens expérimentés découvrent dans la figure une altération profonde, qui doit entrer pour beaucoup dans l'établissement du diagnostic; on note souvent, dans l'ensemble des phénomènes de l'accès, quelque chose de désordonné, un défaut d'harmonie dans le développement des périodes qui annoncent que les choses se passent autrement qu'à l'ordinaire, ce qui autorise à redouter l'avenir : durant l'apyrexie tout est loin d'être rentré dans l'ordre; la bouche est sèche, le pouls n'est pas revenu à son type normal, il y a anxiété, inquiétude, agitation; quelquefois le sujet étonne les assistants en annonçant qu'il est atteint d'une grave maladie. Ce dernier signe n'est pas toujours à dédaigner, ainsi qu'on le pratique trop habituellement.

Enfin, les accès se rapprochent les uns des autres, le mal revêt le caractère subintrant ou subcontinu, toutes choses qui annoncent du moins de l'aggravation, sinon un danger prochain.

Il importe aussi de noter les complications que peut présenter la maladie. Quelquefois, en effet, la gravité des symptômes s'explique par ces appareils, les lieux, l'inflammation, la présence des vers, etc.; il faut donc aller soigneusement à la recherche de tout ce qui pourrait mettre sur la voie de semblables appréciations, qui, ainsi que nous le verrons plus tard, exercent une influence sur la thérapeutique.

Redoutez surtout le 4me, le 5me, le 7me accès, ordinairement le mal fait des progrès lents jusqu'à cette époque, et c'est alors qu'il éclate avec une violence qui ne peut laisser aucun doute sur l'existence du caractère pernicieux.

Tels sont les moyens propres à reconnaître les pyrexies malignes, lors même que tous les symptômes qu'elles doivent revêtir ne sont pas encore développés. Il reste maintenant à faire connaître que tout cela est lié au génie intermittent. Si le premier diagnostic a de l'importance, celui-ci en a encore davantage, car il suggère la véritable méthode de traitement.

DIAGNOSTIC DE L'AFFECTION INTERMITTENTE. — Si les accès sont bien dessinés avec froid, chaleur, sueur, s'ils se montrent et disparaissent à des époques fixes, toute erreur devient peu probable : malheureusement il n'en est pas toujours ainsi.

Assez souvent on ne voit que des traces des périodes caractéristiques; les symptômes pernicieux, attirant d'ailleurs presque exclusivement l'attention, empêchent d'apprécier la valeur de ce qui n'est pas eux. Il faut être averti de cela pour ne pas s'exposer à négliger ce qui, au premier abord, paraîtrait être de peu d'importance.

Quelquefois les accès s'enchevêtrent mutuellement et prennent la forme subintrante; le diagnostic est alors difficile parce que l'intermittence, ainsi altérée, devient de plus en plus méconnaissable : j'en dirai autant de la subcontinuité. Que faire dans ces cas embarrassants? Évidemment il faut chercher à reconnaître si, dans cette maladie d'apparence continue, il n'y a rien qui puisse autoriser à penser qu'elle se compose de divers efforts morbides (*insultus*), pendant lesquels tout paraît s'aggraver avec une marche croissante. Si, malgré la jonction des accès, on reconnait suffisamment la forme intermittente, ceci sera d'un grand poids dans la balance du diagnostic.

Mais, ai-je dit plus haut, il y a des maladies intermittentes qui ne sont pas de la nature de l'affection dont je m'occupe ici, et quelquefois cette dernière a pris définitivement le type continu.

Ces cas sont les plus difficiles de tous ; quelquefois ils rendent l'erreur inévitable ; toutefois ils offrent des ressources que l'on ne doit pas négliger parce qu'elles sont la seule ancre de salut.

Les notions capables de faire découvrir la vérité se tirent des causes, des symptômes, du traitement.

CAUSES.

Felix qui potuit rerum cognoscere causas.

Il faut d'abord s'enquérir de la maladie régnante, lorsque celle-ci est une épidémie de fièvres intermittentes, surtout si elles sont pernicieuses ou larvées; n'hésitez pas, dans les cas douteux, à porter un diagnostic, même d'après cette donnée seule. C'est ainsi que procédaient Sydenham, Baillou, Stoll, imités en cela par tous les bons praticiens. Recherchez quelles influences ont agi sur le patient; et si, parmi elles, il en est qui soient capables de déterminer des fièvres intermittentes, tenez en compte soigneusement : tels sont les miasmes marécageux, l'habitation, des promenades, des travaux dans des lieux humides, le voisinage d'étangs d'eau douce, qui, à la suite de pluies abondantes et de débordements, se sont mélangés avec l'eau salée ; l'alternative de nuits froides et de journées chaudes ; enfin, la saison de l'été. Celle-ci a, en effet, une liaison étroite et partout constatée avec la production des fièvres intermittentes. Au rapport de M. Bailly, les médecins de Rome, quand ils sont appelés en consultation pendant l'été, agitent toujours cette question : Est-ce, ou non, une fièvre *è quinquina?*

Si le malade a déjà éprouvé des fièvres intermittentes, surtout si l'époque de ces dernières n'est pas éloignée et qu'il présente une maladie à caractère incertain, pensez à la possibilité du retour du mal sous une autre forme, surtout si le traitement a été incomplet et si le sujet s'est exposé à des rechutes.

SYMPTÔMES.

Dans l'absence de tous ceux qui sont capables de mettre sur la voie de l'intermittence et de la périodicité, on doit accorder son attention à une circonstance assez fréquente pour mériter d'être regardée comme pathognomonique, quoiqu'elle ne soit pas toujours constante : c'est la couleur rouge des urines et le sédiment briqueté. Plusieurs auteurs, Sydenham, Boërhaave, Van-Swieten, Klein, Sénac ont accordé une grande valeur à ce symptôme pour le diagnostic des fièvres intermittentes. Sénac dit formellement que tant que ce sédiment s'observe, il ne faut pas présumer que le mal a cessé, et que les cas où on ne l'aperçoit pas doivent être rangés parmi les exceptions, qui, ajoute-t-il avec raison, sont possibles en toutes choses (1).

L'apparition inopinée d'un ou plusieurs symptômes dangereux, simulant une maladie autre qu'une fièvre intermittente, est encore une raison qui a sa valeur pour croire à l'existence de cette dernière. Cette invasion brusque ne se voit ordinairement que dans les circonstances dont nous nous occupons ici ; j'en dirai autant de la rapidité du mal et de son aggravation incessante, lorsqu'il n'est pas dans la nature de la maladie simulée de marcher si vite et de donner lieu à des symptômes aussi prochainement mortels.

TRAITEMENT.

Dans le premier chapitre j'ai contesté au quinquina sa propriété *exclusive* de guérir les fièvres intermittentes ; cependant il n'est pas entré dans ma pensée de nier la propriété spécifique de cette substance, car, d'après l'aphorisme si connu d'Hippocrate : *Naturam morborum ostendunt curationes,* je pense que les effets des remèdes employés sont souvent un excellent moyen de diagnostic. Ainsi il faudra s'enquérir des changements

---

(1) *De febr. intermitt. recond. nat., lib.* 3.

apportés dans la maladie par l'emploi de tels ou tels moyens thérapeutiques. Si ceux-ci, dirigés uniquement contre l'affection qui paraît constituer toute la gravité du mal, n'ont pas empêché ce dernier de faire de plus en plus des progrès, n'hésitez pas, pour peu qu'il y ait doute, à prescrire l'anti-périodique, avec les précautions indiquées par l'état de l'organisme. Insistez sur ce médicament, si son emploi est supposé sans inconvénient; et fréquemment ce sera le soulagement ou la guérison de la maladie qui en révélera le véritable nom. Cette méthode *à juvantibus et lædentibus* est, plus souvent qu'on ne le pense, employée en pratique, pour arriver à la nature réelle de l'ennemi que l'on a à combattre.

Le diagnostic des fièvres intermittentes pernicieuses est donc établi sur les mêmes bases que celui de toutes les maladies. Il y a dans chacune des phénomènes de causalité (influences productrices, complicantes, aggravantes), des phénomènes de développement (symptômes, marche, allure du mal), des phénomènes provoqués par le médecin (effets des médications essayées). Tous, se rattachant à l'affection morbide, sont capables de nous éclairer sur sa nature. Lorsque les uns manquent ou sont mal dessinés, les autres y suppléent; chacun a sa valeur pathognomonique, qui peut varier suivant les cas, et tel, habituellement peu caractéristique, peut acquérir, dans certaines individualités pathologiques, une importance inusitée et diriger le praticien dans la vraie route. La pondération raisonnée de toutes ces données est l'art véritable du signalement des maladies; mais nulle part, je l'avoue, ce travail n'est plus difficile que lorsqu'il s'agit de reconnaître une fièvre intermittente pernicieuse. Ici il faut prendre promptement un parti, et le temps manque souvent pour faire des essais propres à provoquer le développement de phénomènes plus caractéristiques. L'efficacité même du quinquina, quand il est administré à propos, est pour les médecins expérimentés un obstacle à la découverte de la vérité. L'idée que l'on tient entre ses mains la vie ou la mort du sujet, est bien capable de troubler l'esprit. On a bien plus de motifs de se justifier, lorsque la maladie que l'on a à combattre est une de celles qui offrent peu de ressources, même lorsqu'on leur oppose le traitement le plus approprié.

Malgré ces difficultés et à l'aide des règles sus-mentionnées, on parvient assez souvent à reconnaître l'affection intermittente et l'affection concomitante qui constitue la gravité du cas. Alors il importe d'apprécier quels sont leurs rapports réciproques : en effet, l'une peut être cause par rapport à l'autre ; les liens qui les unissent sont d'une étroitesse qui varie depuis l'identité jusqu'à une indépendance presque complète. Il est extrêmement important d'apprécier ces circonstances ; mais ceci appartient spécialement au chapitre suivant, où je traiterai de la thérapeutique des fièvres intermittentes pernicieuses.

Thérapeutique des fièvres intermittentes pernicieuses.

Lorsque les fièvres sont bénignes, il faut, avant de leur opposer le traitement convenable, s'assurer s'il y a opportunité de les faire disparaître ; ensuite, il est essentiel de détruire les complications, qui sont le plus souvent des accidents gastriques ou bilieux ; et du moment que la maladie est amenée à son état de simplicité, que l'affection intermittente est pure, on la fait disparaître aisément à l'aide des anti-périodiques. Ces questions préalables ne doivent pas être examinées quand il s'agit des pyrexies pernicieuses ; il importe d'arrêter celles-ci le plus tôt possible, car la mort est aux portes. On n'est pas pour cela autorisé à n'accorder aucune attention aux complications qui peuvent se trouver en même temps ; celles-ci sont certainement des sujets d'indications, mais l'indication qui se tire de l'affection intermittente est sans contredit la principale, et il faut y satisfaire le plus complétement et le plus promptement qu'on le pourra.

Il y a donc deux choses à faire, mais qui sont d'une importance inégale : 1° le traitement de l'affection intermittente ; 2° le traitement de l'autre affection concomitante. Avant de parler du premier qui est le plus efficace, et qui dans la majorité des cas procure seul des cures complètes, je vais dire quelques mots du second.

TRAITEMENT DE L'AFFECTION CONCOMITANTE. — Celle-ci mérite quelquefois une attention spéciale, parce que l'étude analytique des phénomènes de la maladie, considérés dans leur ensemble, permet de penser qu'elle joue le rôle de cause par rapport à l'affection intermittente. Dans ces cas, il a pu arriver que tout a disparu par l'effet seul du traitement adressé à l'affection concomitante; mais ceci est rare et il ne faut pas s'y fier. Le plus souvent, après la destruction de la cause, le mal s'est simplifié, est devenu moins intense, ou bien le quinquina a développé plus énergiquement son action.

Un état bilieux, gastrique, etc., par suite d'une pratique hardie, ont pu être combattus dès l'abord, et l'administration du quinquina n'est venue qu'ensuite.

Tel est le cas, observé par Finke, d'une fièvre double-tierce vraiment soporeuse qui céda à l'usage des évacuants. Le quinquina ne fut donné qu'après la destruction complète de la cause gastrique. Quand les premiers accès ne sont pas menaçants, quoiqu'on ait des raisons pour penser qu'ils le deviendront plus tard, il est permis de faire précéder l'anti-périodique par les moyens que réclame l'affection concomitante. Médicus suivit cette règle dans une épidémie de fièvres intermittentes pernicieuses, qui présentaient pour symptômes des convulsions générales, quelquefois vraiment épileptiques : le traitement consista à combattre la cause gastrique qui existait en même temps, par les digestifs, les émétiques, les purgatifs; et lorsque les accidents convulsifs présentaient de l'intensité, Médicus administrait le quinquina à haute dose.

Toutefois, malgré ces exceptions, que le succès a du reste justifiées, la règle est de donner l'écorce du Pérou du moment que la pyrexie prend le caractère pernicieux.

Mais, nonobstant l'emploi du fébrifuge, le traitement de l'affection concomitante ne doit pas être négligé, surtout si celle-ci tend à prendre une existence indépendante. Pour cela, il faut étudier sa nature et administrer en même temps les médicaments qu'elle réclame, suivant qu'elle est vermineuse, sthénique, asthénique ou spasmodique.

L'importance du traitement de cette affection concomitante s'élève au plus haut degré, lorsque le médecin, devancé par la maladie ou appelé trop tard, a à lutter contre un accès qui peut faire périr le malade : alors le quinquina est une arme inutile ; car, tout le monde le sait, il ne peut rien contre les symptômes actuels. Ici l'efficacité des deux traitements est intervertie : celui de l'affection concomitante est seul puissant, celui de l'affection intermittente est absolument inutile. L'indication la plus pressante est de tirer le sujet du danger qu'il court maintenant ; il est vrai qu'on ne préviendra pas le péril de l'accès svivant, mais on se donnera le loisir nécessaire pour administrer le quinquina, lequel recouvrera toute son énergie. Ce fébrifuge prévient les accès, mais il ne les guérit pas une fois sur mille.

Il importe donc, quand on est en présence de symptômes prochainement mortels, de découvrir de quelle nature est l'affection qui les a provoqués ou les entretient. On trouve dans tous les auteurs des exemples dans lesquels l'opium et les anti-spasmodiques, la saignée et les autres moyens anti-phlogistiques, les révulsifs, les dérivatifs de tout genre, ont puissamment aidé le malade à traverser vivant l'orage de l'accès, et du moment que celui-ci était terminé, on se hâtait de prescrire le quinquina.

Je dois dire pourtant que celui-ci est utile dans la pyrexie comme dans l'apyrexie, lorsque la cause des symptômes pernicieux est de nature adynamique ou putride ; pendant l'accès, ce médicament agit comme tonique ; s'il n'était qu'anti-périodique, il ne pourrait être alors d'aucun secours au sujet.

TRAITEMENT DE L'AFFECTION INTERMITTENTE. — Je le dis et je le répète après tous les auteurs qui ont traité cette grave matière : du moment que l'affection intermittente est reconnue, donnez le quinquina.

Ecoutons ce que dit Grimaud (1) : « Dès qu'on est convaincu que la fièvre est intermittente maligne, il faut *tout d'un coup* employer le quinquina, et le quinquina réussira sûrement si la malignité dépend du génie intermittent...... Il est possible que, pour la production de la malignité, le génie intermittent se trouve subordonné à une autre cause contre laquelle le quinquina n'ait point d'action. Cependant on doit toujours donner le quinquina, parce que, quand bien même la malignité dépendrait de quelque autre cause, ce qu'on ne peut connaitre que par l'événement,

---

(1) Traité des fièvres, tom. IV, pag. 342.

le quinquina ne peut faire aucun mal, et il n'y a point de remède autre que lui qui puisse arracher le malade à la mort. — Et plus loin : « On doit toujours traiter par le quinquina tous les états de malignité qui présentent le génie intermittent, parce que, si la quinine ne réussit pas, il n'y a pas jusqu'à présent de remède connu qui puisse réussir, et que la perte du malade est absolument inévitable. »

Les règles relatives à l'exhibition de ce puissant remède sont généralement connues; je n'en parlerai pas ici, je dirai seulement comme une chose plus afférente à mon objet :

1° Que le quinquina doit être donné à haute dose, administré par l'estomac, en lavements, en frictions, placé même sur les vésicatoires pour plus grande précaution.

2° Dans les cas d'irritabilité de l'estomac ou d'inflammation de cet organe, il faut l'associer avec les narcotiques, ou mieux le donner par toutes les autres voies et forcer les doses.

3° Il ne faut pas s'en laisser imposer par des contre-indications qui paraissent, au premier abord, dignes d'être prises en considération, telles que l'inflammation, les congestions, les fluxions actives. Si l'affection intermittente est reconnue et qu'il y ait danger pour le malade, passez outre et donnez le quinquina, mais en même temps combattez ces complications par les moyens connus.

4° Si la fièvre est subintrante, n'hésitez pas à prescrire le quinquina ; s'il ne fait pour l'accès actuel, il fera pour les suivants.

5° Si elle est subcontinue, hâtez-vous de conseiller le fébrifuge, car les chances de succès vont en diminuant, comptées dans les cas rares où l'affection intermittente a pris le masque de la continuité. Hors ces circonstances, le quinquina, quand le mal a changé de nature, fait plus de mal que de bien.

6° J'ai vu, à Montpellier, le quinquina associé heureusement à l'opium, dans les fièvres où ce narcotique ne paraissait indiqué par aucun symptôme nerveux. J'ai observé aussi de bons effets à l'hôpital Saint-Eloi, à la suite d'une potion fébrifuge, dans laquelle la résine de quinquina était unie au sel d'absinthe.

7º L'accès que doit prévenir le fébrifuge éclate assez souvent : il ne faut pas toujours s'en effrayer, car il est ordinairement moins intense que le précédent, si le traitement a été bien ordonné et bien exécuté ; des doses décroissantes doivent être prescrites pour assurer la cure. Mais il est rare d'observer de rechutes, ce qui est très-commun au contraire pour les intermittentes dites bénignes.

8º Toute maladie établie à la faveur ou sous l'influence de l'affection intermittente, et acquérant une existence propre et indépendante de cette dernière, exige une thérapeutique appropriée à sa nature. Dès le principe on pouvait l'enrayer, plus tard l'occasion propice est passée : telles sont les congestions cérébrales, les encéphalites, les péripneumonies, les pleurésies, etc.

Voilà les règles principales que j'ai cru devoir exposer ici pour la thérapeutique des fièvres intermittentes pernicieuses ; elles m'ont guidé jusqu'ici dans ma pratique, et j'ai, par expérience, pu m'assurer moi-même de leur bonté.

Les observations suivantes seront une espèce de résumé pratique de ce que je viens de dire.

3ᵉ *Observation.* Fièvre tierce syncopale, avec irritation gastro-intestinale.

Le nommé L***, âgé d'environ 33 ans, fut atteint de fièvre intermittente le mercredi 15 octobre. L'accès du lendemain ne fut pas très-violent, mais celui du vendredi eut beaucoup plus d'intensité et fut accompagné de syncopes.

Le dimanche, à deux heures de l'après-midi, on me fit appeler pour la première fois : voici l'état où je trouvai le malade. Syncope qui durait, me dit-on, depuis une heure ; pouls petit, concentré, peau aride, douleur épigastrique très-violente, ventre météorisé très-sensible à la pression, point de selles; langue sèche, blanche dans son centre et rouge sur les bords; soif inextinguible; les amygdales et le voile du palais sont très-rouges, difficulté très-forte pour avaler; urines rares, rouges et rendues avec difficulté; point de sommeil.

Voyant cet ensemble de symptômes si intenses, je crus n'avoir un moment à perdre pour les combattre avec violence : j'ordonne 25 sangsues sur l'épigastre, lavements émollients, cataplasmes avec des mauves sur l'épigastre et l'abdomen, tisane de chiendent ou d'orge gommée, prise froide; sulfate de quinine, 24 grains en lavement de six grains chaque, de deux en deux heures, immédiatement après l'accès.

Le lundi tous les symptômes avaient beaucoup diminué d'intensité: mêmes prescriptions pour tout, sauf tisane de poulet.

Le mardi, devait avoir lieu l'accès fort; il revint, mais avec moitié moins d'intensité; il y eut quelque syncope qui dura fort peu. Le malade reposa un peu la nuit; je continuai encore la même médication.

Le mercredi, en explorant les organes abdominaux, il ne manifesta qu'une légère douleur : le ventre était souple, la langue ni les amygdales n'étaient plus aussi rouges, la soif était moins vive, le pouls s'était relevé et devenu fort, les urines avaient pris la teinte briquetée. Cependant la difficulté d'avaler était encore très-forte; j'appliquai 12 sangsues aux amygdales, et fis faire des gargarismes avec l'eau d'orge; le sulfate de quinine fut diminué de deux grains, j'accordai du bouillon de poule.

Le vendredi, je n'aperçois plus que quelque légère trace de tout cet appareil morbide : je permets une légère soupe au bouillon, continuation de tisane d'orge et du sulfate de quinine, en en diminuant chaque jour la dose.

Le malade entra en convalescence qui fut assez heureuse; néanmoins, l'appétit ne revenant pas, je lui fis faire usage des apozèmes amers, dont il se trouva très-bien; j'appliquai aussi deux vésicatoires aux jambes.

Réflexions. Les symptômes de gastro-entérite étaient ici véritablement sous la dépendance de l'affection intermittente. Cependant j'ai jugé à propos de les combattre par des moyens qui, quoique simplement auxiliaires du traitement anti-périodique, ont eu, je pense, leur utilité propre. Il a été prudent de ne pas administrer le sel fébrifuge par la voie de l'estomac, de crainte d'augmenter l'état morbide de cet organe, ou de provoquer des vomissements qui auraient rejeté le médicament au-dehors.

4ᵐᵉ *Observation.* Fièvre avec complication vermineuse.

M*** âgée de 20 ans, d'un tempérament bilieux, fut saisie d'une fièvre tierce pour laquelle elle réclama mes soins. A ma première visite, je la trouve sans fièvre; son facies est d'une teinte ictérique, la langue est couverte d'un jaune sale, mais pointue et rouge sur les bords, douleur assez forte à l'épigastre, point de selles. Je débute par 15 sangsues sur le lieu de la douleur : tisane de gomme acidulée; j'attends le second accès qui fut violent; j'interroge la malade et les assistants pour découvrir la cause de cette fièvre; j'apprends que cette fille se trouvant à l'époque menstruelle avait été exposée au mauvais temps, et néanmoins que cela avait peu dérangé ses menstrues; elle paraît soulagée par l'application des sangsues.

Le troisième jour, la fièvre et les autres symptômes vont en augmentant : nouvelle application de 12 sangsues aux plis des aines, sulfate de quinine en lavements immédiatement après l'accès; il y eut quelques heures de calme.

Le cinquième jour, dans l'après-midi, je la trouve dans une grande prostration de forces, les yeux entourés d'un cercle noirâtre; la pupille est dilatée; douleurs lombaires assez vives; extrémités plus froides qu'à l'état normal; le pouls est petit, mais assez résistant; la langue est toujours jaune et assez humide; on me rapporte que depuis la veille elle n'a fait que délirer; je m'aperçois, en effet, que ses réponses ne sont pas suivies : continuation des lavements et de la tisane; vésicatoires et sinapismes aux jambes. La nuit est plus calme, il y a diminution du délire.

Le sixième jour, elle rend par la bouche des vers lombricaux; dès-lors amélioration notable; cela m'engage à prescrire une once d'huile de ricin avec demi-once de sirop de chicorée. Cette médication produisit des selles abondantes avec quelques lombrics et acheva de faire disparaître les symptômes morbides. La malade entra en parfaite convalescence; au bout de quelques jours elle fit un écart de régime qui la fit rechuter, mais les symptômes ne furent pas aussi graves que les premiers. Je me proposais d'attaquer la maladie lorsque les parents la retirèrent auprès d'eux.

5ᵉ Observation.

M**** A**** âgée de 25 ans, d'un tempérament nervoso-bilieux, enceinte d'environ sept mois, fut atteinte de fièvre tierce le 12 août 1837. Elle eut recours à son chirurgien ordinaire (qui jouit de l'estime et d'une réputation très-bien méritée), il lui fit les prescriptions propres à son état. Mais la malade, imbue du préjugé que le sulfate de quinine produisait l'avortement, n'exécuta point les prescriptions qui lui en avaient été faites et laissa la fièvre aller son train. Le 27 du même mois (vendredi), le praticien qui lui avait donné les premiers soins se trouvant malade, me pria de l'aller voir; je trouve son facies très-pâle, altéré; une douleur épigastrique assez légère, beaucoup plus forte du côté de la région lombo-sacrée; langue sèche couverte d'un enduit jaune-verdâtre; soif très-intense; pouls petit, très-fréquent, se laissant facilement déprimer; les extrémités un peu froides. La fièvre avait pris le type subintrant et offrait, le soir, des exacerbations très-violentes avec des syncopes. Je me hâte de faire prendre le sulfate de quinine à haute dose; frictions sèches sur les extrémités inférieures, tisane gommeuse acidulée. Le lendemain (samedi), la douleur épigastrique n'a pas augmenté, celle des lombes est beaucoup plus forte, les accès de fièvre sont plus violents, les extrémités toujours froides; je fais appliquer les sinapismes et deux vésicatoires aux jambes, lavements émollients et continuation du fébrifuge. Le dimanche, au matin, l'avortement eut lieu vers les huit heures, époque où je fus la voir; la face était couverte d'une sueur froide, le pouls à peine perceptible, ce qui me fit présager une mort prochaine, qui arriva, en effet, à une heure après midi. Il est probable que si elle se fût conformée aux sages avis du chirurgien, elle aurait échappé à ces complications qui devinrent mortelles.

Je pourrais citer une infinité d'autres exemples de plus en plus intéressants et tous puisés dans ma pratique ; mais je n'entreprendrai pas de les développer, parce que ce serait dépasser les bornes que je me suis prescrites. Je poserai donc ici les limites de mon travail, et le soumettrai à la censure de MM. les Examinateurs avec toutes ses imperfections. Trop heureux si, par mes efforts, j'ai pu atteindre le but que je me suis proposé ! Si je n'ai pu procurer à mes Juges et à mes Auditeurs toute la satisfaction que j'aurais désirée, je les prie de considérer ceci comme un faible essai offert par un Elève ; et comme l'a très-bien dit le Père de la médecine, « l'art est long à apprendre, et la vie courte. »

Ars longa, vita brevis, judicium difficile. (1. Aphor. d'Hipp.)

FIN.

QUESTIONS TIRÉES AU SORT.

Quels sont les produits de la putréfaction des matières animales placées dans la terre ?

Les changements que subissent les matières animales placées dans la terre, sont de trois sortes, et les produits diffèrent également. Dans le premier cas, il y a destruction plus ou moins rapide de la matière animale ; dans le second, il y a transformation en une substance qu'on appelle gras des cadavres ; dans la troisième, il y a momification.

1° La première sorte comprend la putréfaction ordinaire, la dissolution proprement dite. La matière du corps animal, cédant à des affinités chimiques que la vie absente ne contrarie plus, se ramollit et se transforme en gaz variés, parmi lesquels l'azote et ses combinaisons dominent. Ses parties salines se déposent et se confondent avec le milieu dans lequel le corps est déposé. Au bout d'un temps qui varie suivant une foule de circonstances, il ne reste que les os, les dents et les cheveux, et un peu de matière noir-brunâtre qu'on a comparée à du terreau, dont l'odeur n'est plus celle des matières animales en décomposition et rappelle ordinairement la sensation du moisi. Les dents et les cheveux sont, de toutes ces parties, celles qui se conservent le plus long-temps.

2° Lorsque le corps se transforme en gras de cadavre, les tissus ne disparaissent pas, mais ils se dessèchent, ils acquièrent une couleur blanc-grisâtre : c'est un nouveau produit où tout est confondu. Cette transformation s'observe d'abord à la peau et au tissu cellulaire sous-cutané ; puis elle gagne les muscles et les autres parties intérieures. Elle s'observe principalement chez les corps entassés dans les fosses communes, et dans les terrains déjà saturés de matières animales et incapables d'absorber les produits volatils qui sont le résultat de la putréfaction.

3° La momification a lieu par l'effet de la soustraction de l'humidité ; l'élévation de la température la favorise beaucoup. Les corps couverts de sables et de substances avides d'eau se momifient, surtout si la chaleur est considérable. Par la momification la matière animale devient sèche, dure, brunâtre, et n'est plus susceptible de mouvements de décomposition. On a observé des corps momifiés dans les fosses communes, parmi d'autres corps déjà transformés en gras de cadavre.

Déterminer si toutes les artères finissent en se continuant avec les veines.

Il a été pendant fort long-temps difficile de démontrer que les artères se continuaient avec les veines. A ce sujet, les anciens pensaient qu'elles étaient séparées par une substance intermédiaire, qu'ils appelaient parenchyme. Maintenant les injections et les expériences microscopiques ont prouvé que, du moins dans certains organes, les veines se continuaient avec les artères. Mais celles-ci donnent-elles seulement naissance à des veines ? C'est une question à laquelle il est difficile de répondre, d'après les données de l'observation. Toutefois, le raisonnement nous apprend que le sang, contenu dans les artères, pénètre dans nos organes, soit avec la totalité, soit avec une partie de ses éléments constituants, pour fournir à la nutrition et aux sécrétions. Y a-t-il une communication directe entre les vaisseaux excréteurs, les vaisseaux lymphatiques et les artères ? Y a-t-il des capillaires blancs, qui ne seraient que des artérioles trop déliées pour laisser passer les globules rouges du sang? Les artères sont-elles percées de pores latéraux, pour laisser passer les matériaux des nutritions et des sécrétions? Y a-t-il, entre le sang artériel et les tissus organiques, un genre de communication autre que ceux que nous venons d'indiquer? Nous ne pouvons répondre à ces questions.

Déterminer si le traitement des maladies aiguës doit subir des modifications pendant la grossesse.

J'énumérerai, à ce sujet, les raisons principales qui conduisent à modifier le traitement des maladies aiguës pendant la grossesse :

1° Il est des maladies aiguës qui, par elles-mêmes, ou par certains accidents qu'elles entraînent, tendent à produire l'avortement ou la mort du fœtus dans la matrice ; telles sont, par exemple, le choléra, la métrite, etc. Il importe de les combattre avec énergie dès le principe, et de redoubler de zèle pour opposer un frein à leur activité ; car ici il s'agit de la vie de deux personnes, la mère et l'enfant.

2° Il ne faut pas oublier que le travail utérin, que nécessite la grossesse, sollicite et entretient, dans l'économie, une tendance à la sthénie. Cet élément modifie le caractère des maladies aiguës, et exige des modifications dans le traitement.

3° Il est certaines médications que l'on ne doit pas prescrire dans le traitement des maladies aiguës pendant la grossesse : telle est la médication emménagogue. Il en est d'autres que l'on ne peut employer qu'avec une grande réserve : telle est la médication évacuante ; les secousses du vomissement sont susceptibles, en effet, de provoquer l'avortement. Néanmoins, dans certaines circonstances, les évacuants empêchent ce dernier.

4° Les modifications nombreuses que la grossesse entraîne font au médecin une loi d'avoir égard, d'une manière plus particulière, aux goûts et aux répugnances de la malade, pour certains aliments et pour certains médicaments.

5° Enfin, des infiltrations aux membres inférieurs, les varices, sont des contre-indications qu'il ne faut pas dédaigner pour certaines applications locales, vésicatoires, sinapismes, etc., qu'il est bon dans ces cas de prescrire ailleurs autant que cela se peut.

Etablir le diagnostic du lichen et de ses variétés.

Le lichen est une éruption des papules, souvent accompagnée d'un trouble intérieur, se terminant ordinairement par desquamation non contagieuse, mais susceptible de se reproduire. Les boutons sont pleins, solides, se montrant d'abord sur la peau et les bras, et s'étendant, dans l'espace de peu de jours, au tronc et aux autres parties. On trouve ordinairement ces boutons dans les régions qui sont dans le sens de l'extension. L'éruption peut être partielle ou générale ; elle s'accompagne, surtout pendant la nuit, d'une sensation désagréable de chatouillement, qui n'est pas le prurit, ni de la gale, ni du prurigo, maladies avec lesquelles on pourrait confondre le lichen. Les papules restent rouges pendant une semaine environ, puis elles pâlissent, et il s'opère une desquamation. J'ai déjà dit que le lichen était susceptible de se reproduire ; aussi n'est-il pas rare de le voir revenir, en se perpétuant ainsi, pendant un temps plus ou moins long : tel est le *lichen simplex*.

Les autres variétés admises par Willan sont les suivantes :

Lichen circumscriptus. Les papules forment des plaques arrondies, limitées par un bord bien prononcé.

Lichen pilaris. Le bulbe des poils est atteint, les papules siègent précisément là où existent ces prolongements épidermoïdes.

Lichen agrius. Papules nombreuses, agglomérées, très-enflammées, la rougeur s'étendant aux parties voisines; l'éruption est souvent précédée d'un mouvement fébrile; le prurit est ardent, le malade ne peut y résister, il déchire le sommet des papules qui suppurent et se couvrent de squames croûteuses. Cette variété est la plus grave. Le lichen *agrius* de la face est très-rebelle; en général, il guérit difficilement chez les gens avancés en âge ou affaiblis.

Lichen lividus. Ainsi nommé à cause de la couleur livide des papules; elles sont quelquefois mêlées de taches de même couleur.

Lichen tropicus. Celui-ci ne se voit que dans les régions situées entre les tropiques. Au rapport des médecins qui ont observé cette variété, elle se manifeste surtout chez les personnes récemment arrivées; de grandes sueurs en sont la cause occasionnelle. Ce sont des boutons rouges, rugueux, qui ordinairement couvrent tout le corps et donnent lieu à une violente démangeaison.

Lichen urticatus. Cette variété a été ajoutée par Bateman à celles que Willan a décrites. Ici les papules sont petites, elles sont précédées par de petits soulèvements de la peau, semblables à ceux que produit la morsure des cousins; elles finissent par couvrir tout le corps, où elles forment çà et là des plaques. Les élevures et les papules sont le siége d'une démangeaison vive qui tourmente beaucoup les enfants. Le lichen *urticatus* est assez rare aux autres époques de la vie.

Milton Keynes UK
Ingram Content Group UK Ltd.
UKHW041056241024
450026UK00018B/315